DEVINE
COMBIEN
JE T'AIME

Texte français de Claude Lager

ISBN 978-2-211-03745-7
Première édition dans la collection *lutin poche* : février 1996
© 1994, l'école des loisirs, Paris, pour l'édition en langue française
© 1994, Sam McBratney pour le texte
© 1994, Anita Jeram pour les illustrations
Titre original : « Guess How Much I Love You™ »
Édition française publiée en accord avec *Walker Books Ltd*, Londres SE11 5HJ.
Tous droits réservés.
Loi numéro 49 956 du 16 juillet 1949 sur les publications
destinées à la jeunesse : juin 1995
Dépôt légal : juin 2016
Imprimé en France par I.M.E. à Baume-les-Dames

DEVINE COMBIEN JE T'AIME

Texte de Sam McBratney
Illustrations d'Anita Jeram

les lutins de l'école des loisirs
11, rue de Sèvres, Paris 6e

C'est l'heure d'aller dormir.
Petit Lièvre Brun attrape les longues oreilles
de Grand Lièvre Brun et ne les lâche plus.

Il veut que Grand Lièvre Brun l'écoute vraiment.

« Devine combien je t'aime », lui dit-il.
« Comment veux-tu que je devine cela ? »
demande Grand Lièvre Brun.

« Je t'aime grand comme ça ! »
dit Petit Lièvre Brun en écartant les bras
le plus largement qu'il peut…

« Et moi, je t'aime grand comme ceci »,
lui dit Grand Lièvre Brun
en écartant ses très longs bras.
« Hmm, c'est vraiment très grand »,
se dit Petit Lièvre Brun.

« Je t'aime haut comme ça »,
dit alors Petit Lièvre Brun
en s'étirant de toutes ses forces.

« Et moi,
je t'aime haut
comme ceci »,
dit Grand Lièvre Brun
en s'étirant également.

« C'est vraiment très haut »,
pense Petit Lièvre Brun.
« J'aimerais bien avoir
d'aussi longues pattes ! »

Soudain,
Petit Lièvre Brun a une idée.
Il fait une culbute et appuie
ses pattes arrière
contre le tronc de l'arbre.

« Je t'aime
jusqu'au bout
de mes orteils »,
dit-il.

« Et moi, je t'aime
jusqu'au bout de TES orteils »,
dit Grand Lièvre Brun
en le faisant voler
par-dessus sa tête.

« Je t'aime
aussi haut que
je peux sauter »,
dit Petit Lièvre Brun.
Et il fait un bond,

deux bonds…
trois bonds.

« Et moi, je t'aime
aussi haut que JE peux sauter »,
dit Grand Lièvre Brun.
Et il bondit si haut que ses oreilles
touchent la branche de l'arbre.

« Quel
grand saut ! »
se dit Petit
Lièvre Brun,
« j'aimerais
bien pouvoir
sauter aussi
haut que ça ! »

« Je t'aime aussi loin que le chemin
qui mène à la rivière », dit Petit Lièvre Brun.

« Je t'aime aussi loin que la rivière,
par-delà les collines », dit Grand Lièvre Brun.

« Ça, c'est vraiment très loin »,
pense Petit Lièvre Brun.

Mais il a sommeil,
trop sommeil pour réfléchir.

Il lève le nez et regarde
la grande nuit sombre.
Rien ne peut être
aussi loin que le ciel…

« Je t'aime jusque la lune »,
murmure-t-il
en fermant les yeux.
« ÇA, c'est très loin »,
dit Grand Lièvre Brun,
« vraiment très très loin ! »

Alors,
Grand Lièvre Brun
installe Petit Lièvre Brun

dans son lit de feuillage
et l'embrasse
en lui souhaitant
une bonne nuit.

Puis il lui chuchote au creux de l'oreille :
« Moi, je t'aime jusque la lune –

ET RETOUR ! »